심종화 제2시집
붉은 고집

_____ 제2시집　　붉 은 고 집　　심 종 화

KB192565

심종화 제2시집
붉은 고집

제2시집　　붉은 고집

심종화

예술의숲

서문

네가 그리운 날이면
　　나는 시를 썼다
　　　아름다운 '통미'에서

　　　　　2022년 여름
　　　　　　심종화

◈ 차 례 ◈

1통
한 가슴이 한 등을 안는 일

2통

맞춰가며 산다

3통
한낮의 햇살과 바람

4통
흘려놓은 약속

5통
수상작 · 시화비

★ 문학 공모전 수상작

★ 시화비

1통

한 가슴이 한 등을 안는 일

자반고등어 한 손

장날 오후가 물풀처럼 일렁이는 어물전
간고등어 한 손 죽어서도 눈 부릅뜨고
산자의 사랑 깊이를 재고 있다

저들의 비린내 나는 사랑이란
간 쓸개 내장까지 죄다 버린 뒤에야
비로소 한 가슴이 한 등을 안는 일

한 움큼 소금으로
푸른 청춘까지 염장하고
짜디짠 생의 좌판 위에서 당당하게
한 손이라는 이름으로

또 한 생을 건너고 있다

돌아누운 등에서 가시 지느러미가 돋는 밤
가시 돋친 말로 너에게 묻는다
부끄럽지 않니? 사랑아

간을 맞추다

저녁상을 마주 놓고
냉잇국이 싱겁다고 투정이다

꿀이 뚝뚝 떨어지던 달달한 눈빛에
세상 간이 다 맞춰질 줄 알던
청춘은 다 지나갔다
가는 게 어디 청춘뿐이랴
입맛도 덩달아 따라가서
아무리 소금과 간장을 쳐봐도
너의 눈빛처럼 싱겁기만 하고
너는 간 잘 맞추는 밖으로 곁눈질한다

간을 맞춰봐도 멀어지는 우리 사이
오늘 저녁에는 달래무침으로
새콤 달콤 매콤 짭조름하게 간을 맞춰
싱거운 눈빛을 상큼하게 달래나 볼까

동파 방지

어느 늦가을 너를 보낸 뒤
기습적 한파 같은 그리움이 찾아왔다

얼지 않게 아주 얼어 터지지 않게
조금씩 흘려놓는 수돗물처럼
네게로 흐르는 마음을
조금씩 열어 두기로 했다

콸콸 흐르지는 말고
네가 눈치 채지 못하게
잠긴 듯 열린 듯 한 방울씩 똑똑
네게로 흐르기로 했다

그리움을 견디는 내 방식이다

흉이라는 칼

단골 해장국집에는
욕에도 양념을 치는 듯
맛깔나게 욕을 하는 여자가 있다

그녀의 입술엔
c펄이라는 찰거머리가 찰싹 붙어서
말머리에서부터 먼저 핏물이 밴다

가재 눈으로 흉을 질펀하게 보던
어느 날부터인가
꽃잎 같던 내 입에서도
푸른 욕이 쑥쑥 자라고
새까만 욕물이 들고 말았다

그에 밥투정이 길어지던 날
말릴 새도 없이 그놈의 c펄이
팔랑팔랑 거리며 밥상 위로 뚝 떨어진다
얼른 주워들 수도 없는 이 새까만 말의 욕

오늘은 기필코 품격 있는 말의 칼로

c펄의 허리를 뭉텅 잘라야겠다

아직은 가을비

가을을 좋아하는 국화에게
빗방울은 가을이 되고 싶었던 것이다

입동을 하루 앞에 두고
단풍 같은 마음으로
덜 여문 구름에 배를 두드리며
발을 동동 굴러 보챘을 것이다

마침내 구름이 몸을 풀던 날
빗방울은 한걸음에 달려와
둥그런 첫발을 국화에게 찍으며
속엣 말을 풀어놓았을 것이다

귀 어두운 이들은
가을이 간다고 갈비라고 읽을 것이다

만약이라는 말

만약에 만약에 말이야
네가 다시 태어난다면
그때도 나랑 결혼해 주겠니
돌다리를 두드리며 네가 내게 하는 말

아군도 적군도 없는 이 미친 전쟁터에서
칼로 물 베기 하는 전쟁놀이
지긋지긋하지도 않니 너는?

그렇게 튀어나오려는 말을
돌덩이로 꾸욱 누르며
재빠르게 덧셈을 한다
너와 나를 더하면 언제나 그 끝엔
집도 돈도 세간살이도 아닌
자식이라는 이름의 황홀한 숫자만 남는다

에이 당연하지 그럼
나는 쓸쓸한 퇴역 장군이 되어
당연한 듯 당연하지 않은 말을
오늘도 칼집에 꽂는다

사라지는 골목길

표정을 포장하지 않은

골목의 흙길이 좋았다
저녁밥 먹어라 외치던 엄마의 소리에
그렁그렁 해지던 눈빛이 좋았다
동네 개들의 오줌도 달게 받아주고
새우젓 장수의 곰삭은 발소리도
콤콤하게 안으로 들이던
골목이 정말 좋았다

골목집 담벼락에 실눈 감추고
꼭꼭 숨어라를 노래하던 푸른 발소리도
지금은 머리카락조차 보이지 않고
늙은 대들보가 받치고 섰던
무너진 집 뒤로

시멘트로 포장된 새길이 들어선다

내일이면 가난한 골목이 되어서

말갛게 잠이 헹구어지는 어느 밤
별들의 발소리를 데리고 나타날 것이다

국수

꿈만은 시퍼렇던 스물 몇 살 무렵
창가에 핀 제라늄꽃이
사과였으면 김치였으면
하던 날이 있었다
가랑잎처럼 뚝뚝 떨어지는 일거리
국수 가닥처럼 비쩍 마른 마음을 붙들고
이게 아닌데 이게 아닌데
하면서 하면서
몇 가닥 남은 국수를 끓이면
국수는 맹물에서도
제 안에 소금기를 짜내어
간을 맞춰주었다
퉁퉁 불어 흐물흐물해진 국수를 붙들고
마른국수 가닥처럼 부서지지 말자
하면서 하면서
다시 일어섰던
내 스물 몇 살의 윗목

확성기

소여리 주민께 알립니다
오늘 새벽 원주댁이 돌아가셨습니다

저 수다스런 동네 입은 울림통이 크다
온 마을과 논밭이 귀가 아프도록
죽음 하나를 꺼내 읽는다

덜 굳은 시멘트 골목이 탁본하던
노인에 지팡이도
깍두기 한 점 조각내지 못하던
헐거운 틀니도 죽음을 따라나선다

빨랫줄에는 빠진 틀니 같은 집게가
흙 묻은 일복 한 벌을 물고
축축한 슬픔을 말리고 있다

장례식장 벽에는 방금 진 꽃잎이
납작한 액자 속에서 시들어가고
육개장 묻은 벌건 입들이
노인 죽음을 배웅하고 있다

곤죽

퇴원하고 오는 날
소론도 몇 알의 무게에
절벽으로 떨어지는 입맛
한 숟가락에 밥이 소태고 모래알이다

사내가 부엌에 들어가면
거시기가 떨어진다는
지엄하신 시어머니의 전언도
쌀뜨물로 흘려보내고
부엌에선 한나절 달그락달그락

먹어야 산다는 말을 반찬으로 내놓은
죽도 아니고 밥은 더욱 아닌
남편의 눈물로 질어 터진 밥 한 그릇을
젖은 마음으로 먹는 저녁

붉은 고집

농부가 서리 내리기 전에
고춧대를 뽑는 것은
언젠가는 붉어지리라는
풋고추들의 마음을 읽은 탓이다

눈처럼 쏟아지는 고추꽃의
순하디순한 눈망울을 애써 외면하는 것도
된서리에 푸욱 삶아진 나물처럼
한순간에 떠나야 하는 짧은 생을
조금이라도 늦춰주자는 것이다

시든 가지에 새순을 돋게 할 수는 없어도
푸른 고추들은 붉어지길 기다리며
이 가을을 품는다

한 방울의 진액까지 뽑아 올려
푸른 몸뚱이에 써 내려가는 혈서로

고추밭이 붉다

비 온 뒤 물안개처럼

내게 아직 분홍 가슴 남아서
사랑이라는 말로

그대를 곱게 물들일 수 있다면
어디 먼 곳은 말고
나 사는 뒷산 넘어 그쯤에
바쁘게 돌던 생에 태엽을

느슨하게 풀어서 답답한 한숨일랑
산 위에 물안개로 띄워 놓고
시처럼 바람처럼 살고 싶네

산 아랫마을이 어둠에 덮여
곯아떨어진 어스름 새벽이면
잠 덜 깬 산의 희뿌연 등을 타고
버섯 한 움큼에 나물 한 줌 따다
그대 밥을 짓겠네

궁금하지도 않은 저 아랫말 일일랑

돌아가는 뱅거리 고개에다 묻어두고
다시는 돌아보지 않겠네

소파

전시장에서 처음 만났던 여자
앉음새가 편안해 보여서
함께 살자 했다
십여 년을 첫날 그 자세로
아픈 내색 없이 무릎을 내주던 여자
그 무릎에 안겨 책을 읽거나
티비를 보다 잠들 때가 좋았다

그 여자 꼭 엄마였다

내가 엄마에 아픔을 몰랐듯이
참았던 그녀에 속울음이 터져 나오고
다리가 주저앉아서야 겨우 챈 눈치
그녀를 수술대에 눕힌다
마취제 없이도 잘 참아준다
닳아 삐걱거리는 관절에서 새싹이 돋는다
낡은 단벌옷 벗기고
새 옷 한 벌 지어 입히자
십 년은 젊어지는 여자

젊어진 엄마가 팔 벌리고
따스한 무릎을 내민다

엄마, 엄마는

뿌리

울에 있던 능수매실나무
이사 가는 날
수십 번 삽질로 굵은 뿌리는 남겨두고
잔뿌리만 흙에 싸서 차에 싣는다

집안에 울타리였고
뿌리였던 아버지
선산으로 이사 가신 뒤
내 구멍 난 가슴에도 뿌리는 살아서
마음 흔들릴 때마다
반듯하게 잡아주곤 했다

흙 몇 삽에 감쪽같이 메꿔지는 구덩이
남들은 금방 잊어도
이사 간 나무는 두고 온 뿌리를
제 가슴 구덩이에
오래 묻을 것이다

병이라는 친구

친구 몇 이승을 떠날 때쯤
녹슨 세월은 내게 외롭지 말라고
새 친구 몇 선물로 주셨다
처음엔 이 무슨 철천지웬수인가 싶어
비명을 밥처럼 부르기도 하였으나
그동안 살 속 깊이 뼛속 깊이 함께했던
친구가 있었던가 싶어지면
늘그막에 우정도 피처럼 뜨거울 것 같아
오늘도 그의 이름을 부른다
아이구 허리야 아이구 다리야
아이구 머리야 아이구 배야
쉼 없이 불러보는 성이 '아이구'인 아무개 씨
어둠을 잔뜩 묻히고 놀러 왔던 밤 친구도
제풀에 기가 죽어 떠나고
나는 늦은 아침밥을 차리며
아무개 씨를 다정하게 부르면
슬그머니 뒷걸음치는 친구도 있다

소면을 삶으며

당신의 어느 생일날이던가
나는 소면을 삶고
당신은 상을 차리다가
뜨끈한 잔치국수보다
매콤한 비빔국수를 먹고 싶다는 말에
마른국수처럼 툭 부러지던 당신 마음

펄펄 끓는 물속에
날 선 감정을 넣고 오래 휘젓다 보면
국수 가닥은 풀어져서 죽이 되었고
그 국수를 먹으면서 마음 풀었던
푸르던 날의 생일은 지나갔다

오늘은 노을 진 당신 생일날
멸칫국물처럼 진하게 우려낸 사랑을
고명으로 소복하게 올리면

국숫발처럼 우리의 생도 길어질 테다

날림집

詩 字도 모르면서
여든여덟의 시 식구가 팔팔하게 살라고
시에 집을 짓던 날
하늘에게 물어보지도 않고
감히 하늘 한 삽 푹 떠다가
시집을 지었지만
주춧돌도 대들보도 없는 날림집이었다
누구도 선뜻 들어오지 않았다

창고를 치우다 보았다
구석에서 칠 년을 버티던
시집의 삭은 허리에 거미줄이 처져 있다
그 거미가 애독자일 것이다

시에 행을 뽑아 날실을 짜고
시에 연을 뽑아 씨실을 엮어
언어에 그물로 지은 집
마침내 살아있는 시집이 되었다

끌려가는 저녁

끈질기다
끌고 가는 것은
마당가에 개미 한 마리
잘록한 허릿심으로
몇 배 큰 나비의 죽음을 끌고 가고 있다

그 시간 푸른 죽음 하나가 배달되었다

그에 장례식장
슬픔도 때론 병이 되는지
나는 저승사자처럼 퍼질러 앉아
망자가 차려준 올갱이국을 한술 뜨는데

상복의 그녀가 손 맞잡고 던지는 말
그 사람 지금 저세상으로 끌려갔을까
붙잡지 못한 설움 한 덩어리 왈칵 쏟아
내 목울대로 밀어준다

마악 내 목으로 끌려가던

올갱이의 푸른 살점이
순간 버둥거린다

견딤에 대하여

네가 뿌리까지 흔들려
다시 일어설 수 없을 거라고
절망의 늪에 빠져 있을 때

태풍에 뿌리가 뽑힌 들깨는
절망하고 있을 틈도 없다
한 방울의 진액까지 짜서
줄기에다 뿌리를 내리며
쓰러진 가지 일으켜 세우고
마침내 수백 송이 꽃을 피워낸다

그깟 흔들리는 것쯤 아무것도 아니라는
저 한해살이풀의 견딤
견디는 자만이 꽃피울 수 있다

이별도 사랑이다

무를 뽑을 때는
앞뒤로 흔들며 천천히 뽑아야 한다
멱살 잡고 싸우듯 당기면
꽉 움켜쥐고 놓지 않는다
멍든 가슴 어루만지듯
가만가만 흔들어야 한다
보낼 때를 아는 연인이듯
실뿌리 하나까지 얌전히 놓아준다

무 뽑힌 자리가 동굴처럼 깊다
그 속으로 도망 다니는 바람 두엇 숨어들고
오갈 데 없는 새벽별이라도 찾아오면
깜깜하게 울던 울음 멈출까

서리 맞은 넝쿨에 호박이 매달려 있다
조용히 보내주는 것도 사랑이다

이부자리

아침에 눈 뜨자마자
무심코 빠져나오던 이불속이 동굴 같다

밤새 내 숨 자락을 받아 뉘고
혹시 그 숨 날아갈까
잠이 구겨지진 않을까
뒤척이는 잠을 고르게 펴 주던 몸이
물에 젖은 솜처럼 무거워 보인다

부스스 눈 뜨고 일어나는 소리에
졸인 마음 내려놓고
이제 나로부터 잠시 한가해지는 시간

나 빠져나온 둥근 자리 속으로
달콤한 잠 한 자락 밀어 넣는다
한낮이 기우뚱거리는 그 거리만큼의 고요에
이불이 가뿐해지는 시간이다

느린 기다림

꽃을 보듯 바라만 봐도 좋은 사람이 있다
오랜 기다림조차 행복인 사람이 있다

그 사람 지금 벚꽃 환한 봄 길을
걸어오는 거 보인다
마음은 벚꽃에 두고

천천히 아주 천천히
네가 내게로 걸어오는 동안
벚꽃 다 지고 초록 길 열리면
다시 초록에 눈멀어
남은 마음마저 두고 온대도
내 기다림은 제자리에 서 있다
다만 속도를 늦출 뿐
그러니 너는
천천히 아주 천천히 와도 된다

2통

맞춰가며 산다

두 사람

젓가락이 많아도
손님 몇 번 치르다 보면
짝 맞는 젓가락이 별로 없다

외짝 젓가락을
상 위에서 탁탁 쳐 가며
짝 맞춰 먹다 보면
매양 어긋나기만 하는 것은 아니다
콩자반 한 알을 집어 올릴 때는
두 마음이 맞닿는 것이어서
아! 네가 바로 내 반쪽이로구나 싶기도 하다
조금 기우뚱거려도
짝 맞춰가며 산다는 것이
얼마나 다행스러운 일인가

사랑이란

십여 년 전 나무시장에서
사다 심은 자두나무 두 그루
지난해 한 나무 떠나간 뒤
남아있는 나무의 몸 점점 야위어
바람의 손길에도 뚝뚝 부러지는 가지
죽은 것도 산 것도 아닌 이끼 낀 몸 위로
상형문자처럼 돋아나는 검은 버섯들
저 난해한 문장을 해독하는데
하루 한나절이 짧다
사랑일 것이다
그리움이 너무 커서
한 모금의 빗물 한 뒷박의 햇볕조차
거절하고 그리움만 키웠으리
사랑이란 저런 것이다
사랑 없인 살 수도 죽을 수도 없는

헤어지면 죽겠다던 사람
한 계절 눈 짓무르고 난 뒤

금세 잊어버렸던 어느 사랑은
저 나무보다 얼마나 가벼웠던 것인지

애물단지

서른 몇 즈음
아버지 가계에 꽃등심처럼 활짝 핀

꽃이었던 나
아버지 눈에는 한물간 등심 같은
딸년이었네

파장에 고기 떨이하듯
싸다 싸구려라고 외쳤으려나
우르르 달려오던 스물 몇 명의 남자 중
달리기 잘하는 입 큰 남자에게
흥정도 제대로 못 하고 덥석 넘긴 듯하다

지글지글 끓는 삶의 불판 위에서
딸년 속 바짝바짝 타는 줄도 모르고
처녀귀신 면했다고 한시름 놓던 아버지
먼저 귀신 되어 선산에 누워서도
딸년 속 잘 익고 있는지

오늘도

꿈속에서도

쿡쿡 찔러보고 계실 듯하다

세 들어 사는 동안

처음에는 서로에게
저 푸른 초원 위에 그림 같은 집이었지
서로 살고 싶어 안달 나는
아무것도 묻지도 따지지도 않고
서로의 몸에 세 들어 살기로 했지

때론 집값이 널뛰기해서
집세를 올려야 하나
계약 갱신권을 써야 하나
아니면 새집으로 확 이사 갈까
수없이 저울질도 했지
우리 서로의 몸에 세 들어 사는 동안
집은 늙고 똥값이 돼버려
이젠 서로 집 빼겠다고 투덜대고
그러면서도 집 못 빼는 것은
마음 벽에 너의 못이 깊이 박혔기 때문이지

불면증

기다려도 오지 않는 잠을
눈꺼풀이 마중 나간다
어둠을 타박타박 두드려 가며

이런 밤은
잠도 나처럼 외로워서
어느 이름 모를 들녘
수선화 그늘이라도 베고 누워
별을 헤고 있을 것이다
별 하나 나 하나, 백까지 세다가
다시 거꾸로 세기도 하면서

마침내 세던 숫자가 맞을 때
우리는 그 별에서 다시 만나
세던 별을 다 놓아주고
백 년 연인이 되어
윗 눈꺼풀과 아랫 눈꺼풀 사이
고요한 둥지 속에 이불을 편다

시래깃국

추녀 밑에 매달린 시래기
한 두름 꺼내 삶는다
제 몸에 가두었던 햇빛 바람
다 풀어 보내고서야
야윈 몸 통통해진다

유년의 시래깃국에 배어있던
가난의 냄새가 그리운 날
된장 풀어 시래깃국을 끓인다

사는 게 추워서
몇 겹을 껴입어도 뼛속은 시려오고
먹어도 먹어도 허기가 지는 사람들과
시래깃국을 먹고 싶다
시래기처럼 엮여 머리 맞대고
하루를 후후 불어가며 먹다 보면
어느새 환해질 밥상머리

탯줄

새벽 네 시는
아무래도 삶과 죽음이 느슨해지는 시간
혈압계와 체온계가
간밤의 숨을 확인하러 왔다가
옆 침대에서 맥없는 죽음 하나를 꺼내 읽는다
이곳에선 놀랄 일도 아니라는 듯
죽음 하나가 덤덤하게 복도를 빠져나가고
기다렸다는 듯 그 자리엔
붙어있는 숨 하나 들어와
발치에 있는 식탁을 펴고 아침밥을 기다린다
태아처럼 웅크리고 누워서
탯줄처럼 매달린 링거줄을 본다
최선을 다해 한 방울 한 방울 똑똑
생을 떠먹여 주는 저 링거가
오늘은 나의 어머니시다

김치를 담그며

기가 펄펄 살아있는 배추에 간을 친다

꽉 다물고 열어주지 않는 잎새의 마음
달래가며 켜켜이 소금을 친다
한나절 넉넉히 기다리다 보면
제풀에 숨이 죽는다

제 한 몸 가루가 되어도 좋다는
고추의 매운 결의가 아니라면
소금에 몸 삭힌 젓갈의
짜디짠 눈물이 아니라면
제 한 몸 고집하지 않고
함께 어울려야 한다는
양념의 짓이겨진 몸뚱이가 아니라면
배추는 저 혼자 김치가 된다는 것을
꿈도 못 꿨을 것이다

김치통 안에 나란히 담긴 김치처럼

기를 삭이며 어우러져 산다는 것이
어디 그리 쉬운 일인가

수제빗국을 끓이며

겨울 해는 짧아도 허기는 긴 한낮
뱃속에서 파도 소리가 요동칠 때면
엄마는 여나무개 작은 섬이 떠 있는
바다 한 대접을 내오곤 하셨다
숟가락에 섬 하나를 건져 올리면
금세 바닥엔 뻘 같은 가난이 드러나곤 했다

멸치와 조개가 헤엄치는 냄비 속
뚜덕뚜덕 밀반죽을 떼어 넣으면
어느새 수십 개의 섬이 떠오른다

한 대접 수제빗국을 앞에 두면
어머니 목울대로 밀려오던 파도가
오늘은 내 목울대로 차오른다

부피가 늘어난 섬들이
빽빽하게 바다를 메우고 있다

술의 말

잔디밭에 쓰러져있는 빈 술병
닫혔던 붉은 입이 열려있다

달빛도 기웃거리고
별빛도 두드리던
술병 속
찰랑이던 술의 말
어느 아름다운 입술에 머물다
바람 속에 흩어졌을까

생의 허기로 마음은 갇히고
말문을 닫아건 사람
한잔 술을 마시면
함박꽃 피우던
그 사람 오늘은 어디서
한잔
술의 말에 귀 기울이는지

빈 술병 위로 별이 쏟아진다
조용히 들어주는 것도 사랑이다

철없는 남편

자식 몇 키우기보다 더 힘든
남자 하나 키우며 산다

수십 년 전 결혼식 날
시어머니가 절반쯤 키우다 넘겨준 아들
넙죽 받아 든 죄로
하늘처럼 모시고 산다

그 사람 속에는
천진난만한 아이 하나 살고 있다
어른 세상으로 끌어내려 하면
철푸덕 주저앉아 꿈적도 않는다

떼쓰고 투정 부리면 밉다가도
재롱이 또 한 가지 늘었다 생각하면
귀엽다 못해 흐뭇하다

나 오늘부터 아내를 버리고
엄마로 살기로 했다

남편

동사무소에서 방금 뗀 등본 속에는
자식을 주렁주렁 매단
등이 휜 그대가 있다
세대주란 명찰을 무겁게 달고
수십 년을 걸어온 사람
자식 하나에 무게를 내려놓아도
걱정으로 더 무거워진 몸에서는
밤새 삐걱거리는 신음이 새어 나온다

나에게 엄마라는 이름을 선물해준 사람
무슨 일이 생기면 제일 먼저 달려올 사람
세상이 다 등 돌려도 내 편이 되어줄
이 세상에 단 하나뿐인 사람

함께 걸어가야 할
한 장의 등본 속 세상이 따뜻하다

부부

사랑 따윈 일찌감치
지나가는 청춘에게나 줘 버리고
외줄 타기를 함께 하는
그런 사이이다

위태로운 줄에 함께 묶여
대롱대롱 매달려 살다가
어느 한쪽이 떨어지려 하면
내 몸 던져서라도 우선
덥석 받아 안고 보는
그런 사이이다

매달린 줄이 낡아서 끊어질 듯하면
합심해서 끈을 이어 묶다가
어느새 끈끈하게 정이 붙고 마는
그런 사이이다

제 맛

삶에 짠물이 들지 않아
남 퍼주기나 좋아하는 그가
별 볼일도 없는 내게
해마다 부쳐오는 조기 한 상자

평생을 짠 물에 살았으나
간이 배지 않은 순한 조기여
너의 꽉 다문 입 벌려가며
반함을 하듯 귀 소금을 친다

세상살이에 간 하나 맞추지 못하고
맹탕같이 살아온 나
누군가 나를 습할 때
쌀 한 줌보다 소금 한 줌 뿌려 두었다가
간간 짭조름한 맛으로
나 좋아하는 버러지들에게
공양이나 해 봄이 어떨까
참으로 오지랖 넓은 생각을 해보는
십이월 그믐날이다

헌신

나는 오래도록
그녀의 발을 섬겨 온 헌신이다
새끼발가락의 변형과
뒤꿈치의 굳은살까지 훤하게 꿰고 있다

며칠 전
초조함을 덕지덕지 묻힌 발로 들어선
8호실 병동
수술실로 들어갔던 그녀의 신음이
네 시간 반 만에 돌아오고
바싹바싹 말라가는 그녀의 발을
젖은 눈으로 바라볼 수밖에 없었다

함께 걸었던 길을 다 펼쳐보아도
헌신하지 못했던 길 하나 가슴을 친다
바닷가에 누더기 같은 삶을 부려놓고
노을 진 백사장을 걷고 싶어 하던 그녀
무뎌진 나는 안일한 일상을 맴돌 뿐
그녀에게 짠 바닷길을 열어주지 못했다

금방이라도 부서질 낙엽 같은 발을
집안으로 들여보내며 기도한다
부디 헌신할 수 있는 헌신이 되게 해달라고

밥도 사랑이다

쌀을 씻어 안친다
눈금을 보지 않아도
손 등을 대보지 않아도
쌀과 물의 정량을 읽는다

그대와 나의 사랑이
설익거나 너무 질었을 때
쌀이 많다고 물이 많다고 투덜대며
서로의 사랑에 저울을 들이대고
눈금을 확인하곤 했지

이제는 애써 맞추지 않아도
되직하거나 질지도 않고
고슬고슬 찰 지게 붙어있는
저 밥알같이
그렇게 살아갈 일이다

이별 연습 · 2

내 몸을 스캔한다
누덕누덕 기워진 낡은 목을 지나
구불텅거리는 소장과 대장 사이 그쯤
대롱대롱 매달린 몸뚱이 하나
퉁퉁 곪아 터진 눈빛을 보내고 있다

외사랑에 꽤나 몸살 앓았겠다
한 몸으로 태어나 함께 산 수십 년 세월
이제야 초면에 인사를 건네는 나
그의 투정 어린 발길질에 통증이 번진다
어차피 끝날 인연 싹둑 잘라야 한다는
흰 가운에 냉소가 서릿발이다

왜 사랑은 떠나갈 때야
겨우 눈치를 채는 것인지
애써 담담한 척 이별 준비를 한다
징징거리던 사랑 하나 떼어 버리면
한결 마음 가뿐해질까

이별 그 후

한 몸에게 충성했으나
충신이 되지 못한 생 하나 저물어간다
누군가 맹장에 수의를 입히고
어느 무덤으로 끌고 가는지
보내는 육부의 통곡이 질기다

좁아진 뇌혈관 속을 흐르던
혈전용해제 두 알을 일주일째 묶어두고
맛있다고 날름 받아먹을지도 모를
한 덩어리의 피떡에게 올리던 기도는
한 번도 우려낸 적 없는 최초의 언어였다

너 하나를 버리는 일에
한 생을 걸었던 날들은 지나갔다
잘 가거라 내 생에 한 부분이었던 사랑아

또 한 번에 죽음이 가까스로 비켜 갔다

배가 불러 슬프다

배가 불러 밥투정하는 사내가 다녀간
앞 논에 흙차가 드나들더니
고봉밥 같은 봉분이 생겼다

논물 가득 차면 놀러 오던
하늘과 구름 찰랑이는 햇살
왜가리와 물방개 개구리
이곳에서 잔뼈가 굵고 삭은 아버지
모두 숨결 익은 논의 식구들이었다

검은 눈물이 그렁그렁하다
숨이 가빠지고 있다

죽어가는 논을 떠메고 해가 떠난 뒤
나도 밥 짓는 마을로 돌아간다

한 그릇 밥 위로 더운 김 오르면
그것이 논의 마지막 숨결일 것이다

마지막 웃음

젯상 앞에 아버지
떠남의 무게가 천근이라서
축 처진 입술 들어 올리지 못하는지
아님 아직 떠날 때가 아니었다는 것인지
수십 년째 볼멘소리 물고 계신다

개똥밭에 삶 벗어던져 참 좋다
깃털 같은 웃음보이면 좀 좋아

제를 올리다 말고 찰칵 셔터를 누르니
볼멘 얼굴의 아버지 움칠하신다
죽음 저편 삶인들 보정이 안 될까
무거운 입꼬리 눈꼬리 올리고 내리고
뽀샵으로 예쁜 웃음 한 조각 찾아오면
막대 같은 슬픔은 죽고
맨드라미꽃으로 환히 피어날
내년 이맘때의 저녁 무렵

즐거운 장례식

죽음에도 예행연습이 필요했던 아버지
생전에 명당자리 하나 잡아
가묘 한 채 근사하게 지으시고
튼튼한 석관방도 꾸며 놓으셨다

오늘은 죽음을 실행하는 날
암 덩어리 시원하게 떼어버린 아버지
꽃가마 타고 선두에 서서
상복 입은 식솔들 거느리고
즐겁게 산길 오르신다

원도 한도 없이 못 보던 얼굴 다 보시고
이틀 밤낮 큰 잔치 열어
십 년 치 용돈 통 크게 쓰시더니
가시는 길 노잣돈까지 두둑이 챙겨서
청송심공**지묘 유쾌한 명찰 달고
국화 허리 끌어안고 새집으로 들어가신다

3통

한낮의 햇살과 바람

할미꽃

봄이 오는 길목으로
나무와 풀의 몸 기울어져 있다
봄에게 이미 마음 기울었기 때문이다
저 자세에서 봄은 온다

그대도 내게 그냥 온 것이 아니다
목 길게 뽑아 손차양을 하고
내 마음이 한 자세로
그대 쪽으로 오래 기울었기 때문이다

목련꽃

한낮의 햇살과 바람이
마룻바닥에서 까르르 웃던 날이었다

여시 같은 첩년아 나가라 제발
아흔 다 된 시어머니 갑자기 달려들어
닭 털 뽑듯 며느리 머리채 잡아 뽑는데
순간 햇살과 바람의 눈빛이 그렁그렁 해지고
마루와 천장의 어깨가 들썩거렸다

여보! 저년 좀 내쫓아
쉰 넘은 아들 손잡고 매달리는데
뒤뜰 목련이 흐느끼고
온 집이 다 펑펑 운다

목련꽃 같았던 시어머니
닳아진 기억 속에서도
달아나지 않는 기억 하나 붙들고
과녁 없는 독화살을 쏘고 있다

얼굴 모르는 시아버지의 첩 되어
쫓겨날까 전전긍긍하던
사십 대 며느리의 눅눅했던 윗목

별꽃 그대

겨울에도 돋아나는 풀처럼
우리 사랑 마냥 푸를 줄 알던 그때
내가 가진 것이 그대뿐이고
그대 가진 것이 나뿐이어서
해 줄 수 있는 것이 별을 따다 주거나
들꽃 한 아름 안겨주는 것이 전부였던
그때가 우리의 봄날이었다

우리 사랑 뜸 못 들고 설익었을 때
그대 눈에서 별빛 스러지고
가슴에서 꽃잎 뚝뚝 지는 것을
바라보는 것은 고통이었지만
그대가 심어 준 별꽃만으로도
긴 세월 견딜 수 있었다

이제 그대의 별과 꽃을 풀어준다
그대 어느 들길에서 눈 촘촘히 열면
별무리 같은 꽃을 만날 거야
한때 우리에 설익었던 사랑도
돌아보면 저렇게 아름다웠던 거야

매화

누굴 닮아 성질이 급한 건지
하루에 열두 번도 더
옷고름 풀까 말까 하던 매화

그깟 봄비 몇 방울
촉촉한 눈빛으로 유혹한다고
성급하게 옷고름 풀 건 뭐람

뒤따라오는 삼월의 눈
저 엉큼한 눈빛 어찌 감당하려고
벚꽃처럼 느긋했으면 좀 좋아

명자꽃

명자야
오랜만에 불러보는
내 어릴 적 친구 명자야
오 학년 여린 등에
코흘리개 다섯 동생
맷돌처럼 지고 살다
남은 학년도 다 못 채우고
남의집살이하러 서울로 갔던 명자야

너 떠나고 세 번의 명자꽃이 필 무렵
분홍빛 투피스에 명자꽃 같은 입술로
찾아왔었던 명자야
네가 그리울 때면
울타리에 핀 명자꽃을 따서
입술이 부르트도록 문지르곤 했었다

몇십 년 만에 오늘
나무 시장에서 명자를 만났다
여전히 입술이 새빨갛다

냉잇국

매운바람도 돌아앉는 산마루 밭
언 땅 뒤져가며 캔 냉이
된장 풀어 냉잇국을 끓인다

흰 뿌리에 콩가루 곱게 입히고
움파 서너 뿌리 넣어
뭉근하게 끓이면
냉이향 흥건한 국물 위로
몽글몽글 피어나는 눈꽃

냉이향은 봄 맞으러
고개 너머 매화에게 가고
우려도 첫 향기 같은 사람과
눈꽃국을 먹는다
이른 봄을 먹는다

봄볕

3월의 눈은
빚쟁이처럼 우르르 몰려왔다 가네
분탕질한 눈발 위로
따순 햇살이 마악 당도했네
목을 빼고 오래 기다렸던
매화나무 몸과 햇살 몸이
하나 되어 떨어질 줄 모르네
한나절 포옹이 끝난 뒤
붉은 매화 꽃망울 벙글벙글 피어나네
냉이 달래의 흰 발목까지 찾아오는
한 종지 햇살만으로도
세상은 따사로워지네
겨울을 인내한 자에게만
봄은 찾아온다네

봄날

혼자서는 못 산다고
한날한시에 함께 죽어야 한다고
오늘도 한 손엔 아내 가방을 들고
또 한 손엔 바싹 마른 무청시래기 같은
아내 손 잡아끌며
안갯속 같은 병원 문을 두드리는데

오라고 하지 않은 저놈의 봄날은
어쩌자고 청승맞게 찾아와서
냉이 꽃다발 들고 쫓아오는지
꾹꾹 눈물 가둬놓은 논에서는
온종일 개굴개굴
밥 달라고 떼쓰는 어린 자식 놈같이
자꾸 칭얼대는지
짓궂은 삼월 눈처럼 어룽거리는 봄날

11월

가을걷이가 끝난 들녘
농부가 밭 옷을 벗기고 있다
더러 실밥이 터진 검은 비닐옷 속에는
햇볕 한 점 쬐지 않은
맨살이 창백하다

잘 구워진 햇살이
농부의 젖은 옷을 벗기고 있다
그늘 한 점 밟지 않은 맨살이
오뉴월 다랑논 빛이다

노동의 옷을 다 벗어 버린 두 몸이
저만치 오는 계절의 밭둑에 앉아
한 해 동안 고생 많았다며
서로 손등을 쓰다듬고 있는 11월

12월 그믐날에

녹슨 못이 움켜쥐고 있던
올 한 해의 달력을 떼면
역병으로 얼룩진
슬픔의 자국들이 남아있다
우리가 언 배춧잎 같은 손으로
입과 코를 막고 사는 동안
누군가는 생을 닫을 준비를 하고
또 몇은 계절 속으로 사라져갔다
사라진다는 것은 가슴에 묻는다는 말
묻어 두었다가 수천 번 허물고 또 허물어
눈 짓무르도록 꺼내 본다는 말
12월 그믐날
달력에 검은 숫자보다 더 많이
사라져간 이름들을 불러보다
다시 언 가슴에 묻는다

눈보라

눈 오는 소리에
고요하던 마당이 왁자하다

왕벚꽃 같은 저 송이눈들
오늘은 어디서 패거리 싸움질이라도
한바탕 오지게 하고 오는 건지
눈발이 사뭇 거칠다
땅을 밟을 새도
엉덩이를 붙일 새도 없이
떼를 지어 엎어지고 뒹굴며
도랑가나 밭 잔등으로 쏘다니더니
건넛말로 우르르 몰려간다

그제야 눈 따라 휘날리던
내 눈이 멎는다

폐냉장고

십 년도 넘게 주방 한켠에
붙박이로 서 있던 여자
흰 살결 위로 오소소 소름 돋은 채
밤낮없이 일만 하던 강철 몸이
골병들었다
이따금 주방에서 흘러나오던
온몸 덜덜 떠는소리
다리 절며 끙끙 앓는 신음이
잦아들다 멎은 날
제 속에 칸칸이 쟁여두었던
유통기한 지난 냉기 죄다 버리고
비로소 옹송그리던 몸 활짝 펴고
듬직한 사내 등에 업혀
훨훨 봄나들이 간다

식사역

고양시 그쯤 식사역이 있다
역이 가까워져 오면

사월 햇살이 통통통 달려와
저랑 식사 한번 하실래요
할 것만 같고

봄비가 촉촉한 목소리로
어이 숙녀 분 저랑 식사하시죠
할 것만 같고

봄바람이 우쭐거리며 앞장서서
근사한데 가서 식사나 하십시다
바람을 잡을 것만 같아

나는 오늘도 허기 속에
배부른 희망을 채워줄 누군가를 만나러
식사역으로 간다

콩나물의 비애

찜 하려고 사 온
콩나물 박스 속에는
검은 비닐을 덮어쓴
노란 민대가리들이 빼곡하다

푸른 하늘 한번 보려고
손바닥만 한 까만 하늘을
영차영차 밀어 올렸겠지
머리 다 벗겨지는 줄도 모르고

땅 한번 밟아 보려고
수 없이 헛발질도 했겠지
고운 발에 질긴 뿌리가
서리서리 내리는 줄도 모르고

노래서 슬픈 저 민대가리들과
질겨서 더 슬픈 뿌리들을
가냘픈 몸뚱아리로부터
따로 떼어내지 못하겠다
차마 찜 쪄 먹지 못하겠다

한 끼

영하의 추위가
한낮의 허리를 움켜쥐고 있는
음식물 쓰레기 앞
온몸이 눈치고 온 마음이 불안한 고양이
번뜩이는 눈과 의심 많은 귀를
사방에 걸어놓고
언 생선 가시를 핥다가
가르릉 거리는 제소리에 놀라
야옹 소리마저 꿀꺽 삼킨다
바람의 옷깃에도 금세 곤추서는 털
축구공처럼 돌돌 말린 몸 밖으로
내민 앞발 하나
출발선에 선 달리기 선수처럼
긴장이 팽팽하다
납작한 코를 안테나처럼 세우고 있다가
어디서 비린내를 수신했는지
등짝에 붙은 뱃가죽이 요동을 친다
순간 조심스럽던 까치발까지 집어던지고
달아난 자리엔
고양이 혓바닥 문신만 남아있다

밀가루 반죽

소설 날 눈 대신 내리는 비에
토라진 두 마음이 젖는 날
칼국수를 끓이려고 밀가루 반죽을 한다

그대와 내가 밀과 물로 만나
한 덩어리 찰진 반죽이 되기 위해선
수없이 주무르고 치대야 한다
어느 한쪽이 많아도 질거나 되직해진다

때로는
물과 밀가루였던 때를
사무치게 그리워도 하지만
그런 날일수록
뻣뻣한 오기 수그러뜨리고
말랑말랑하게 스며들어 섞이는 연습을 해야 한다
꼭꼭 주무르고 치대다 보면
미움도 사그라지고
어느덧 한 덩어리 찰진 반죽이 되어있다

코로나 악수

수족관에 랍스터처럼
손발 묶여 집 속을 유영하다
모처럼 결박 풀고 밖으로 나온 날

눈빛만으로도 마음 읽는 그를 만나
반가움이 먼저 달려가서
이게 얼마 만이냐고
백 마디 말보다 더 따뜻한
언어에 손을 내미는데
얼음장같이 차가운 주먹이 막아선다

표정 굳은 악수를 주머니에 꽂고
종종걸음으로 돌아와 거품을 푼다
세면대 속으로 빠르게 빠져나가는
저 미끌미끌한 한 줌에 정
그리고 한 덩어리의 의심

사랑해

사랑한다는 말
너무 오래 가두고 살았네
나 오늘 한 자루의 사랑을 끄집어냈네
나는 주방의 여왕
맨 먼저 밥솥에게 사랑해 속삭였더니
아! 고 작은 밥솥은 기관차가 되어
칙칙 소리도 요란하게 맛있는 밥을 대령하네
된장은 재료가 모자라도
근사한 찌개를 만들고
반찬은 입에 착착 달라붙었네
화초는 한겨울에도 꽃대를 불끈 밀어 올리고
그 사람은 청소에 설거지 신나게 하네
나 너무 늦게 사랑에 마술을 알았네
내 입이 시들고 그 말 닳아 없어질 때까지
실컷 써먹어야겠네
사랑해! 너, 그대, 당신……
그리고 세상 모든 이여……

이별

처음에는 꽃잎 같은 꽃입이었다
향기만 흘러나오는

푸르던 날은 마음도 둥글어
모나는 것이 뭔지도 모르고 살았다
세월 따라 둥근 마음도 깎이고 닳아

너의 날카로운 눈빛이 등에 꽂힐 때는
화살같이 날아온 말이 심장에 박힐 때는
네 속을 긁어대고
한 움큼의 소금을 뿌리기도 했다

꽃잎 같은 꽃입에서
향기 대신 시퍼런 독기라니

향기가 사라진 시든 꽃입에서
오래도록 붉은 물이 흘러내렸다

이사·1

가을이 사라졌다
어제의 들녘이 아니다
하루에 두어 번 가을 풍경으로 들어가면
새참 들던 아버지를 만날 수 있고
메뚜기 잡던 어린 나를 만날 수 있고
콩 베는 할머니를 만날 수 있다
나는 이런 풍경들을 사랑했다
사라진 풍경에선 허무의 냄새가 난다

나도 어제의 내가 아니다
내가 사라진 풍경에서도
허무의 냄새가 날 것이다
내 사소한 흔적과
두 평짜리 근심과 적막조차
남김없이 껴안고 떠나리라
다만 한 줌의 꽃씨를 뿌려 두었다
먼 훗날 네가 찾아오면
허무의 냄새 대신 꽃향기만 맡도록

이사 · 2

한 사람 이사를 한다
정든 세간살이
부산스런 몸짓도 없이
울며 어머니 뱃속을 떠나온
세상으로의 첫 이사 때도
혼자였다

나무처럼 깊이 뿌리 내리고 싶었으나
사는 동안 가지가 메말라서

잔뿌리 몇 데리고 이사하는 날
수선함 속에서도 허기는 먼저 찾아와
낯선 바닥에 신문지 깔고 먹던
한 그릇의 짜장면
한 그릇의 검은 눈물

마지막 이사를 마친 그
흙바닥에 주저앉아
길들여진 짜장면에 허기를
무엇으로 채우고 있을까

4통

흘려놓은 약속

짠지

절뚝거리는 바람이
어쩌다 들어서는 현관 앞
소금 한 자루 우두커니 서 있다
흘러내린 간수가 주인의 부재를 말해주고 있다

소금에 푹 절여진 배추같이
짜디짠 생을 살다 간 여자
믿을 건 두 손뿐
열 손가락이 뭉툭한 갈퀴가 되어서야
비로소 가난을 긁어버렸던 여자

더는 긁을 게 없던 손이 펴지던 날
짠지 항아리처럼 묻혀있는 무덤 위로
막소금 같은 싸락눈이 훌훌 뿌려지고 있다

밥 한번 먹자는 말

세상에는 먹어도 먹어도
질리지 않는 밥처럼
들어도 들어도
질리지 않는 말이 있지

밥 한번 먹자

그 말 한마디에
헛헛했던 맘 금세 든든해지고
그리움이 허기처럼 달려오지

밥상을 앞에 두고
밥보다 더 많은 말을 고봉으로 먹고
배가 불러올 즈음
너는 벌써 그리워지는 목소리로
다음 주 이 시간에 만나
밥 한번 먹자

우리는 흘려놓은 약속을

주섬주섬 챙겨 들고
다음 주를 향해 빠르게 걸어가고 있다

애호박

동네 마트 야채 코너
진열대 위에 애호박 하나
코르셋을 조여 입은 듯
비닐 옷이 터질 듯하다
누가 저 푸른 몸뚱이에 숨통을 조여 놓았나
햇살 한 숟가락 마음대로 삼킬 수 없었을
저 한 뼘 속 세상

결혼이란 진열대 위에
터질 듯한 몸과 맘을 코르셋 속에 구겨 넣고 섰던
서른 몇 번째 맞선 자리
숨통이 막혔다
헉헉대며 돌아와 조였던 목줄과 숨통을 풀어놓
고 먹던
한 양푼의 비빔밥

한순간 무장해제다

소나무 분재

내 어릴 적 꿈은 아비를 따라
곧은 등으로 하늘 우러르며
푸른 꿈 잃지 않는 거였다

누군가 어린 나를 업고 와
허리를 비틀어 묶은 뒤
물병과 돌덩이를 매달아 놓았다
점점 굽어지는 허리
울음소리 잦아들 때쯤
그 물병과 돌덩이가 등에 들어와
나는 앉은뱅이 꼽추가 되었다

비뚤어진 세상의 눈들은
그런 나를 잘생겼다고 한다

냄비를 닦으며

성질이 불같은 남자를 만나
지지고 볶고 살다 보니
속이 다 타버렸다는 여자
시커먼 속 꺼내놓고 운다

무엇으로 달래야 하나
베이킹소다 구연산 식초 오렌지도
그녀의 반짝이던 날로 돌려놓지 못한다

인제 그만 떠나라
검버섯 핀 손을 떠미는데
그를 떠나서는 살 수 없다는 그녀
다시 지지고 볶고 속 끓이며
그렇게 늙어갈 것이다

신발

장례식장을 찾는 사람들
신발을 벗고
조의를 표하고 돌아서 나올 때
신발은 이미 제 운명을 다 꿰차버렸다
따스한 발만이 저를 버리지 않는다는 걸

신발장 앞에 뒤죽박죽 섞여 있는
수십 켤레의 신발들
그러나 신발은 제 발을 기억하고 있다
발이 신발을 찾아 두리번거리는 것 같지만
신발이 먼저 제 발을 찾아 등을 내미는 것이다
발이 신발의 주인이므로
주인의 발은 아직 따뜻하다

빈자리

봄날 복사꽃 환하던 자리
꽃인 듯 노란 옷 걸치고 있다

예쁜 옷 한 벌 사달라고
어린 복숭아가 졸라대자
가난한 복숭아나무는
아이는 자고 나면 한 뼘씩 크는 거라고
크고 노란 옷을 사 입혔으리라

헐렁한 옷에 몸이 맞춰질 즈음
향기만 두고 몸은 떠나버린
복숭아에게 미안하고 또 미안해서
그 옷을 움켜쥐고 놓지 못하는 것이리라

어느 날 내가 서랍을 정리하다가
떠나간 딸의 옷자락에서 꺼내 읽던
파란 재잘거림 분홍빛 향기
날아갈까 오래 움켜쥐고 있던 것처럼

조문

275mm
한 뼘 반
그의 발이 얼음장이다
이 작은 발로 걸어왔을 수많은 길
어떤 길은 꽃길이었고
어떤 길은 진흙탕길 이었을 것이다
밥 대신 배를 채우던 약봉지를 안고
죽음을 한 발짝씩 끌며 걷던
무거운 길을 다 지우고
못 올 길 떠난다

누런 삼베버선 두 짝이
다시는 걷지 못할 제 발을 끌어안고
오래 조문을 하고 있다

맨살의 노래

열매들 흙으로 돌아간 지도 오래
잎 진 밤나무 아래
껍질 벗겨진 밤 한 톨
투둑 떨어진다

단단한 껍질이란
약한 생의 방패막이

그대여 껍질 없는 생이라고 서러워 마라
알몸으로 거친 세상에 서면
바람의 혀가 핥아주고
햇살 두껍게 내려앉아
단단한 살 돋아내려니

껍질 안 보인다고 덥석 물지 마라
연한 살도 단단해지면
이도 들어가지 않는다

요양원 가는 길

눅눅한 잔등에 빗방울 몇 앉아 있다

폐품 딱지를 어깨에 붙인 늙은 의자
요양원 앞에 버려져 있다
바람의 옷깃이 스치기만 해도
관절염을 앓는 다리에선
삐그덕 삐그덕 신음이 새어 나오고
흰 척추는 더 무너져 내린다
한 때는
누더기 같은 피로를 끌고 그 사람이 돌아오면
수 없이 내밀었을 등
이제는 그 등에 낯선 하루를 앉히고 있다

내일은 잘 마른 햇살 몇 장 앉으러 올까
의자는 저를 버린 한 사람을 그리워하며
서늘한 슬픔이 앉으러 올 때까지
말없이 시린 무릎을 내밀 것이다

10월 17일 풍경을 베끼다

날씨 특보다
십 수 년만의 추위라고
입 아프도록 떠들어 댄다

나무들은 물들이던 옷을 벗어 던졌고
마당은 등이 가려운지 비쩍 마른 낙엽으로
제 등을 벅벅 긁고 있다

바람이 오전 내 잠겨있던 문짝을 두드리자
창은 해수병이 도졌는지
자지러지게 기침을 쏟아놓는다

과식했던 단풍나무가
한 떼의 참새를 토해내자
뒷발 들고 오던 고양이가
서리태 그늘 속으로 숨는다

장독대 빈 항아리에 갇혀있던 외로움이
절뚝이며 내게로 걸어온다

나는 저 질긴 외로움을
시린 무릎처럼 끌어안고
겨울 한 철을 건너갈 것이다

도깨비바늘

막막해서 허둥대던 서른 무렵의 그녀
들녘의 허수아비라도 식장에 세우고
아버지 팔 잡고 발맞추면
식구들 늙은 근심을 잠재울 수 있을까
초조함을 덕지덕지 몸에 바르고
승냥이처럼 빈 들녘을 어슬렁거리던 그녀 앞에
도깨비 같이 나타나 바짓가랑이 잡고 늘어지던
입술 두터운 그 남자

자고 눈 떠보니 그녀의 다리 위에
철석 붙어 있던 그 사람의 다리
떼어내다 떼어내다
그냥 붙이고 살기로 했다는 그녀
가끔 꼭꼭 찌르기도 하지만

세월을 물들이며

떠나는 오월을 마당에 붙들어 놓고
검은 염색약에 녹음 몇 방울 섞어서
그 사람을 부릅니다
서로에게 기대어 살았듯이
서로 머리에 물들여주며
푸른 나이로 돌아가는 중입니다
그 사람과 나
십일월 새벽 들판에서

누가 더 오래 버티나 내기라도 한 듯이
무서리 안 맞은 자리 하나 없습니다
세월에게 뜯긴 횅한 자리
알뜰살뜰 물들입니다
구부정한 어깨에 내린 그늘까지
푸르게 푸르게 물들입니다
빈들에 모내기 마친 논처럼
두 마음이 다 환합니다

분홍색 물들이기

꽃 같은 색깔이 있다면
나는 흰색이고

그는 붉은색
처음에는 서로 물이 들까 봐
빨랫감을 따로 빨듯 살았습니다

된밥 좋아하는 내가
진밥 좋아하는 그에게

물들어 가고
찬밥 좋아하는 그가
더운밥 좋아하는 내게

물들어 와
미지근한 밥으로 돌아가는 사이

오누이처럼 닮았다는 말이
슬쩍 들어와 앉았습니다

닮아 간다는 말은
물들어 간다는 말입니다

인제야 우리는
제 색깔을 조금씩 지우며

부부라는 이름의 색깔을

찾아가는 중입니다

지금은 세일 중

내가 하는 일은
목 없는 마네킹에 내 목을 걸어놓고
간절한 표정을 파는 거죠
오늘 표정은 여름세일이죠
바람에 머리채를 날릴 만큼
가격이 시원시원해야 해요
여름을 입고 오는 저 손님은
지난해 재고 떨이죠
아! 저기 봄을 입은 손님이 오네요
나비 채를 재빨리 휘둘러야 해요
급한 마음이 달려가던 구두 뒤축을 부러뜨렸어요
절뚝이는 것쯤 세일 바닥에선
밥 먹듯 흔한 일인걸요
날개 한 올 다치지 않게
한 번에 확실히 나비 마음을 훔쳐야 해요

쉿, 여름이 달아나기 전에

매미 소리

울음 끝이 질기다

뒤란 느티나무에 퍼질러 앉아
나 아직 안 죽었다
나 두고 가지 말라며
떠나는 여름에 목덜미를
앙칼지게 움켜쥐고 통곡하는 것들아

우지 마라
팔월에 끝자락이다

상추쌈

속을 다 내보이고 싶은 날 있다

이런 날은
목젖을 내보이며
속이 훤히 들여다보여도 마음 편할
그런 사람과 마주 보며
주먹만 한 상추쌈을 먹고 싶다

텃밭에 심어놓은 상추처럼
마음 밭에 가득 심어놓은 이름
불러 봐도 아무 대답 없는 허기를
상추에 싸서 꾸역꾸역 먹는다

상추 진액처럼 씁쓸한 한 끼를 때운다

영역표시

밤마실이 잦은 앞집 개
날 보면 으르릉 거리다가
내 꽃나무에 와서 오줌을 갈기고 간다

그 사람에게서도 냄새가 난 적 있다
핸드폰에 몰래 오줌을 갈겨 놓고
냄새라도 맡으러 가면
이빨을 내놓고 컹컹 짖어댔다

더럽다고 휙 돌아서다가
그놈의 호기심이 날개를 달면
밤새 생년월일과 전화번호를 들고
천당과 지옥을 날아다녔다

그 사람 지금 변기에 오줌을 누며
제 전화 대신 받아 달라고
앞집 개처럼 꼬리를 흔들고 있다

추어탕

비가 뜨내기처럼 오다가다 하는 날
나도 뜨내기손님으로 추어탕집을 찾는다
추어탕을 시키자 튀김이 덤으로 나온다

어쩌다 미끌미끌 잘도 빠져나가던
제 별명을 여기에다 버려두었을까
미끈거림은 그에게 갑옷이었다
수많은 전쟁터에서 빠져나올 수 있었던

그러나 그에게도 적은 있었다
스스로 갑옷을 벗게 만드는
아무리 몸부림을 쳐도
패잔병이 빠져나갈 구멍조차 막은
소금

나도 촘촘한 생의 그물망을 피해
이 식당까지 왔으나
언제 잡힐지 알 수 없는 일

갑옷 대신 튀김옷으로 무장한 채
빠져나갈 힘도 없는 그를
차마 입에 가두지 못하겠다

구르는 낙엽은 멈추지 않는다

그에 흰 이마가 절망을 들이받던 날
일그러진 이마에 표정을 읽지 못하고
돌아서서 써 내려가는 어느 시인의
빛바랜 가을 노트만 읽고 있었다

불판 위에 고기처럼
바짝바짝 타들어 갔을
그에 창백한 심장을 읽지 못하고
가을 물들어 얼룩진 어깨만 보았다

낙엽 구를 때까지 만이라고 쓴
그에 먹먹한 가을 노트는 수정되어야 한다
시에 바람이 멈추지 않는 한
구르는 낙엽은 멈추지 않는다로

시의 바람 앞에서
낙엽은 더 굴러야 한다

버려진 것은 슬프다

길가 풀숲에 버려져
속울음 삼키던 신발 한 짝
지나가는 발들을 쳐다본다
나도 한때는 저렇게 걸었었지
발을 하늘처럼 섬기고
앞으로만 걸어갔었지
그러나 끌고 오던 길은 여기서 멈춰버리고
이젠 아무것도 남아있지 않다

어느 날은 바람의 발이
또 어느 날은 초승달의 발이 찾아와
잠시 나를 신어 보기도 하였으나
앞으로 걸어가지는 못하게 하였다

그러다 봄을 따라온
아지랑이 같은 작은 풀씨 하나가
품 안에 꽃 피우더니
이제 나랑 꽃길만 걷자며
환한 웃음으로 발을 잡아끌고 있다

5통

수상작 · 시화비

★ 문학 공모전 수상작

오른 손 「보건복지부장관상 수상작」
못 「충북도지사상 수상작」
애기똥풀꽃 「전국어르신문예공모시부문 대상 수상작」
무너진 나이 「3회KT&G문학상 수상작」

★ 시화비

금왕 제천간 고속도 금왕휴게소 시화비
백야수목원 무궁화동산 시화비
응천 시화비
생극 벚꽃길 시화비

오른손

시퍼렇게 날 세운 작두
짚 써는 그의 손을
단풍으로 물들였다
한여름에도 면장갑에 숨은
그의 오른손
주머니에 찔러 넣고 봄을 기다려도
그의 손은 자라지 않았다
앙상한 가지에 봄을 심어준 여자
저녁이면 그의 오른손 되어
따뜻이 씻어
아픔 나누며 산다
이제 그는 주머니에 손을 감추지 않는다
잘린 손마디 마디 푸른 꿈 돋아나
한 손으로도 시간을 좌우지
두 손의 일을 하며 산다

-제5회 전국어르신 백일장 대상- 보건복지부장관상 2014

못

도배하려고
집 안 벽에 박힌 못 죄다 뺀다
녹슬고 등 굽은 시어머니 같다
무거운 물동이 이다가 삐끗한 허리
침도 약도 주저앉은 허리를
펴지 못하고 구부러져만 같다
모로 누워 삼십 년
담 걸린 어깨가 풀어지는 날
비로소 내 손안에서 펴지는 허리

늙고 구부러진 못의 척추를 편다
허리가 반듯해진 시어머니가 웃으신다

-'14 충북공모전 대상 수상작 충북도지사상

애기똥풀꽃

쉰도 안 된 며느리
아흔 다 된 딸이 생겼습니다
에미야!
스무 해 넘게 들었던 이름
인생의 강 건너다 흘렸을까요
텅 빈 속만 남아
"엄마! 밥 주세요"
하루에도 수십 번 며느리 치맛자락 늘어집니다
채워도 채워지지 않는 배
가득가득 채워준 며느리
벽에는 애기똥풀꽃 피어나고
꽃 꺾는 며느리 손
노란 꽃물 듭니다

-2018 전국어르신문예 대상 수상작 경기도지사상

무너진 나이

빨간 전기밥솥이 버려져 있다
열린 밥통 속으로 빗물이 뛰어든다
물을 품고도 뜨거워질 수 없는 비애가
빗방울을 밀어내고 있다
물만 봐도 불꽃 튀던 전기 코드
느슨한 항문처럼 축 처져 있다

증기기관차 달리듯 끓어오르면
넘쳐흐르던 뽀얀 밥물
가쁜 숨 뱉으며 자작자작 들던 뜸
허기진 주걱이 긁어대던 빠른 음표들
밥솥은 아직 잊지 못하고 있다

제 몸에 뜨거움을 다 쏟아내지 못한 채
식어가는 생

-2019 3회KT&G문학상 수상작

<**〈금왕 제천간 고속도 금왕휴게소 시화비〉**>

〈금왕 제천간 고속도 금왕휴게소 시화비〉

보현산 봄

보현산 자락에 봄
4월의 눈과 슬픈 동거를 한다

진달래꽃 제비꽃
가녀린 목을 누르는 시샘의 무게
밤새 지른 비명이
해님을 깨우고
겨울은 눈물로 떠난다

보현산에
봄이 아름다운 건
겨울이 흘리고 간 눈물 때문이다

인정이 다순 고을
- 음성

첫발자국이 넓은
양버즘나무 허리 굽혀 맞는다
길목마다 퍼져나가는 웃음
수정산성의 고향 얘기와
보현산봉의 전쟁 얘기가
발걸음의 지표다

사랑이다 인정이다 품바의 신명
가섭의 봉화는 지구를 밝히고
고개마다 가슴 적시는 인정 꽃
울타리 단단히 쳤어도
빗장 한번 잠근 적 없어

눈 한번 찡그리지도 않는
어머니의 마당이다

〈응천 시화비〉

순하다
- 내곡리

산이 높아
해가 한 뼘 더 짧은
내곡리에는
소 눈 닮은 순한 사람들이 산다

샛별 머리에 이고 나갔다가
전나무 같은 어둠 끌고 돌아올 때면
키 큰 높은 봉도 뒤따라 마을로 들어서고
그제야 내곡리 저녁밥 그릇에는
허기진 개밥바라기별이 뜬다

순한 사람들이 사는
내곡리에 밤은 맑고 고요하다
방죽말 물소리가 다 들어앉는다

〈생극 벚꽃길 시화비〉

벚꽃 길에서
- 생극 송곡

미로처럼 얽혀있는 길 속에
벚꽃 봉오리 부풀리고 있다

동편에서 서편으로 가는 인생
기와집 한 채 금빛 덩실
앞들 마당거리 수리내들 덩실

걸어온 길마다 기쁨 있어
꽃으로 맞아 환하다
피어나므로 펑 터져 불 밝히는 벚꽃 탄알
사선에서 행복의 봄을 조준하고 있다
벚나무 아래에는
꽃 터지기만 기다리는 사람과
터지려는 꽃망울을 붙들고 있는 사람이 있다

그림자는 표정을 압축한다

- 붉은 고집

증재록 한국문인협회홍보위원

사시사철 산맥 따라 치켜 오르는 바람, 새로운 날갯
짓으로 쉼이 없다. 십종화 시인의 동네에 있는 6.25 첫
승전지인 기름 고개엔 솟아오르는 힘의 불덩이가 있다.
열기는 발을 달구고 가빠진 숨길에는 시심이 끓어 돌아
치고 감아대면서 꽃을 피운다.

고개 숲 계곡의 물이 개울로 첫 출발을 하면서 내림
이라는 의미가 깊다. 길을 내포하고 있는 존재 안에 따
라붙는 그림자가 그때의 표정을 압축한다. 보이는 몸과
보이지 않는 마음이 숨을 올리고 내리며 결을 친다. 그
자리에는 불꽃이 피어나 나를 태우지만 그 안에서 타지
않는 참은 불변으로 나온다. 참, 참, 참 그 참말이 진실
이고 뜻을 세워 마음을 펼친다.

내가 너 되어 함께 공감하자는 얘기, 그걸 시라는 틀
안에 넣은 시심이 절절하다. 고갯길을 올라서면서 몸과
마음을 담아 숨을 걸친다. 거기는 예나 지금이나 수많은
발자국이 북을 향해 화살을 당긴다. 한남금북정맥 8구

간쯤 가로지르는 길목에 가장 살기 좋다는 明堂 萬人可活之地에서 열매를 맺는다. 열매는 여는 거, 새로운 길을 열어가는 과정, 기다리며 두근거리는 길을 오른다. 풀과 나무와 불과 물이 어울리면서 하루를 열고 열 안에 얼을 누리는 것이다. 열어가는 터에는 마음 펼치는 시가 탄생을 기다리며 긴장한다. 고독이 시로 펼쳐지면서 희망으로 사랑에 기대를 한다.

사랑 그게 사람의 본질이고 두근거림이다. 순간순간 다가오고 떠나는 세상사의 깨우침이다. 한 연 한 행 속에 오감을 넣고 뜻을 파내는 시, 만나 찍는 점 하나가 가슴 울리는 짜릿함으로 영혼을 밝혀주는 시의 등불이다.

1. 사이와 사이에서

불러들였다. 몸을 감싸고 있는 물건을 생각 안에 불러들였다. 어제를 토대로 오늘을 불러 세운다. 소리를 형상으로 세우고 노래를 부르고 숨을 쉰다. 어진 눈길로 꿈을 펼쳐 꽃을 피운다. 말에서 글을 피우고 시로 뿌리를 내린다. 지나온 자국과 시의 터 마음의 움직임을 모아 사색하고 사유로 사고의 집을 만든다. 백지 위에 영혼의 자취를 형상화한다. 사이와 사이 거리와 거리에 사랑을 심고 키우고 꽃피워 열매를 맺는 거다.

> 장날 오후가 물풀처럼 일렁이는 어물전
> 간고등어 한 손 죽어서도 눈 부릅뜨고

산자의 사랑 깊이를 재고 있다

저들의 비린내 나는 사랑이란
간 쓸개 내장까지 죄다 버린 뒤에야
비로소 한 가슴이 한 등을 안는 일

한 움큼 소금으로
푸른 청춘까지 염장하고
짜디짠 생의 좌판 위에서 당당하게
한 손이라는 이름으로
또 한 생을 건너고 있다

돌아누운 등에서 가시 지느러미가 돋는 밤
가시 돋친 말로 너에게 묻는다
부끄럽지 않니? 사랑아

　　　　　－「자반고등어 한 손」 전문

　높고 낮은 길을 거닐어 오늘에 이른 것은 그 바탕엔
높낮이가 없는 사랑이 있어서 가능했다. 사랑은 품는 거
크기는 다를지라도 품는 가슴은 따뜻하다. 크면 품고 작
으면 안기고 서로가 서로에게 기대는 의지처, 수평의 흐
름 그리고 평등의 마음은 현대의 기본이다. 존재와 시간
의 상관은 익느냐 설익느냐로 가름한다. 스스로 만들고
스스로 매여 사는 시간 위에서 손꼽아 수치를 계산하지
만 그 자체도 그냥 흘러가면서 멀어지고 다가오는 자리
일 뿐, 미로이면서 신비다. 그냥 사랑 그 안에 안긴다.

젓가락이 많아도
손님 몇 번 치르다 보면
짝 맞는 젓가락이 별로 없다

외짝 젓가락을
상 위에서 탁탁 쳐 가며
짝 맞춰 먹다 보면
매양 어긋나기만 하는 것은 아니다
콩자반 한 알을 집어 올릴 때는
두 마음이 맞닿는 것이어서
아! 네가 바로 내 반쪽이로구나 싶기도 하다
조금 기우뚱거려도
짝 맞춰가며 산다는 것이
얼마나 다행스러운 일인가

– 「두 사람」 전문

　　대상에 영감을 피워 엮어나가는 상념, 그 상념을 투
시하여 엮는 상상, 근면한 생활에서 나오는 줄기에 피어
나는 싹과 꽃이 풍성하다. 홀로 태어나 홀로 살 수 없는
삶이다 보면 누구인가 짝을 찾고 만나고 거기서 이루는
성취까지 맞닿는다. 일그러지지 않고 하나가 되는 순간
의 표현력이 물꼬를 튼다. 초점이 정확하니까 거리 조정
은 쉽게 연결된다. 대상에 감정을 다스리면서 시는 날개
를 활짝 편다.

한낮의 햇살과 바람이
마룻바닥에서 까르르 웃던 날이었다

여시 같은 첩년아 나가라 제발
아흔 다 된 시어머니 갑자기 달려들어
닭 털 뽑듯 며느리 머리채 잡아 뽑는데
순간 햇살과 바람의 눈빛이 그렁그렁 해지고
마루와 천장의 어깨가 들썩거렸다

여보! 저년 좀 내쫓아
쉰 넘은 아들 손잡고 매달리는데
뒤뜰 목련이 흐느끼고

온 집이 다 펑펑 운다

목련꽃 같았던 시어머니
닳아진 기억 속에서도
달아나지 않는 기억 하나 붙들고
과녁 없는 독화살을 쏘고 있다

얼굴 모르는 시아버지의 첩 되어
쫓겨날까 전전긍긍하던
사십 대 며느리의 눅눅했던 윗목

– 「목련꽃」 전문

　　무한의 시간은 돌고 돌아 원이다. 동글동글 피어오르
는 봉오리 그 안에 고결 고귀함이 있다. 은은하게 퍼지는
백옥 같은 빛의 아름다움 단순한 듯 하면서 찬란한 탄생
의 고귀함, 그러나 스러짐과 추락을 경고한다. 질 때의
추한 모습과 뚝뚝 떨어지는 허상, 보이지 않는 시간에 매

여 신음하는 각도에서 멍이 든다. 가고 나도 풋풋하게 남은 잎은 풍성하다. 느낌으로 만난 울림이 길다.

세상에는 먹어도 먹어도
질리지 않는 밥처럼
들어도 들어도
질리지 않는 말이 있지

밥 한번 먹자

그 말 한마디에
헛헛했던 맘 금세 든든해지고
그리움이 허기처럼 달려오지

밥상을 앞에 두고
밥보다 더 많은 말을 고봉으로 먹고
배가 불러올 즈음
너는 벌써 그리워지는 목소리로
다음 주 이 시간에 만나
밥 한번 먹자

우리는 흘려놓은 약속을
주섬주섬 챙겨 들고
다음 주를 향해 빠르게 걸어가고 있다

— 「밥 한번 먹자는 말」 전문

흔하디흔하면서도 애초부터 입에 밴 듯 툭툭 삐져나오는 인사말. 안녕보다도 더 정겹다. 밥 그 안에 밴 정과 사랑과 베풂과 희생 또한 자연을 순리적으로 따라가면서 살아온 숨소리까지 모두 배어있는 인사, '밥 한번 먹자' 오늘도 익숙한 얼굴 앞에서 미소 지며 익숙하게 입술을 여는 '밥 한번 먹자' 내일을 여는 풍년의 소리일 수도 있겠다. '밥 한번 먹자' 그 따뜻하고 정겨움에 넘치는 말, 그 안에 사랑이 다 배어 있다.

2. 통하면 아름답다

까만 밤에 까만빛이 뻗친다. 까망에는 까망이 더 빛나는 걸 본다. 까망에 까망 눈동자의 광채, 빛을 비치는 골목마다 빛을 비추는 개울마다 발자국을 캐내고 머리칼 휘날린다. 밤은 밤으로 통하고 낮은 낮으로 달려가 울컥 뜨겁게 솟아 올리는 물, 눈물이 줄줄, 여기와 저기 그 물줄기를 가름하는 봉우리에 올라 앞쪽 뒤쪽을 내다본다. 이쪽은 뿌리 저쪽은 싹이다. 사이 그 거리를 줄기가 잇는다. 동안과 여유와 공간 그 관계로 오늘을 살고 내일을 바라본다는 것도 아름다움을 꿰뚫는 길, 오늘은 어제로 내일로 통하는 자리, 방향 없는 바람의 길이 아니라 오직 아름다움을 향한 길, 오늘을 살고 내일을 바라본다는 것도 아름다움을 꿰뚫는 길, 먹고 입고 자는 숨의 뿌리가 아람으로 펼쳐지는 자리, 그 길 통미다. 거기에서 심종화 시인의 시심이 꽃핀다. 통미 거기에서 피어나는 꽃은 질 줄을 모른다. 이쪽은 아리수, 저쪽은 비단수로 흐르는 강의 발원지, 한 뜸 한 뜸 수를 놓는 터

에는 끈질기게 피어나는 아람진 시심이 있다. 줄기 물줄
기는 끈질기고 한없이 크고 비단 폭 같다. 달큰한 냄새
가 맘을 휘감는다.

멈추었던 시계가 돌면서 풍경을 바꾼다. 겨울에서 여
름으로 달린다. 그새 소리치던 봄은 아우성이었다. 뚫고
치고 밀고 튕겨 나오려던 그 시간 그 싹을 틔운다. 한
점 물방울이 시원이고 시다. 그 첫 줄기가 숨의 터, 예
서 가름하고 세상을 갈음하고 내일을 가늠한다. 그렇게
오늘이 행복이고 그렇게 이 사각이 사랑이다 올에서 매
실향이 늘어지고 터에서 복상 손이 간지럽다. 언제나 지
금이 심종화 시인의 신명이다.

붉은 고집

2022년 7월 5일 초판 인쇄
2022년 7월 10일 1쇄 발행

지은이   심종화
만든이   박찬순
만든곳   예술의숲
        등록 2002. 4. 25.(제25100-2007-37호)
        주   소·충북 청주시 상당구 교서로 2
        전   화·070-8838-2475
        휴 대 폰·010-5467-4774
        이 메 일·cjpoem@hanmail.net

        ⓒ심종화, 2022. Printed in Cheongju, Korea
        ISBN 978-89-6807-195-9 03810

※ 이 책은 충청북도, 충북문화재단의 후원으로 문화예술
   육성지원사업의 일환으로 지원받아 발간되었음.